LA FORÊT DES SOUPÇONS

Josée Plourde

LA FORÊT DES SOUPÇONS

Illustrations de Lise Monette

NATURE JEUNESSE

ÉDITIONS
MICHEL
QUINTIN

Données de catalogage avant publication (Canada)

Plourde, Josée, 1960-

La forêt des soupçons

(Nature jeunesse ; 1)
Pour enfants de 8 à 12 ans.

ISBN 2-920438-96-4

I. Monette, Lise, 1962-   II. Titre.   III. Collection.

PS8581.L68F67 1991   jC843'.54   C91-096986-8
PS9581.L68F67 1991
PZ23.P56Fo 1991

Illustrations et maquette de couverture : Lise Monette

ISBN 2-920438-96-4
Dépôt légal : 3ᵉ trimestre 1991
Bibliothèque nationale du Québec
Bibliothèque nationale du Canada

© Copyright 1991
Éditions Michel Quintin
C.P. 340, Waterloo (Québec)
Canada J0E 2N0

34567890IML9876543

À Olivier et Samuel,
tous deux
dans le rôle d'Alex...

Au bébé qui va naître,
dans le rôle du bébé
qui va naître...

À ma famille, ce rêve vieux
de vingt-cinq ans.

PSST!

L'aventure que tu t'apprêtes à
vivre a bel et bien été inventée...

Mais le **vrai** métier
de «garde-chasse»,
c'est grâce à Pierre Henrichon,
agent de conservation dans la
région de l'Estrie au Québec,
que tu pourras le découvrir.
C'est lui qui a fourni
à Josée Plourde, l'auteure,
les renseignements dont elle avait
besoin pour écrire cette histoire...
à moitié vraie.

Bonne lecture !

Chapitre 1
Les trouble-fête

Il fait noir. Enfin, pas complètement. Une seule petite lumière est allumée et elle est rouge. Alors aussi bien dire qu'il fait noir. Quelques animaux rient dans un coin : un Chat, un Cochon, deux Chiens et une Souris. Qu'est-ce qui peut bien faire rire des animaux ? Allez donc savoir !

Un Castor essaie d'arracher un morceau de maïs soufflé pris entre ses dents. Une Belette et un Renard se bourrent de chocolat et de chips. Au centre, un Panda et une Mouffette tournoient : noir, blanc, noir, blanc, noir, blanc, noir... ouf ! On dirait qu'ils dansent. Mais oui ! Le Panda et la Mouffette se trémoussent sur une musique endiablée qui les fait suer à grosses gouttes.

— J'arrête, dit le Panda, j'ai soif.

La Mouffette fait oui de la tête et arrête aussi de danser. Au moment où elle plonge sa patte dans le plat de chips presque vide, une porte s'ouvre au haut de l'escalier. Un gros labrador noir descend, suivi de deux humains. Le flot de lumière qui entre par la porte aveugle les animaux.

— La porte ! Fermez la porte ! protestent-ils.

Un homme en tenue de garde-chasse se plante devant le groupe d'animaux et annonce :

— La fête est finie. Il est assez tard. Il faut rentrer chacun chez vous, vos parents vont s'inquiéter.

La Mouffette enlève son masque. C'est Stéfanie Briard. Mais tout le monde l'appelle Fanie. Elle fête son dixième anniversaire aujourd'hui.

— On veut danser encore un peu ! S'il te plaît papa, c'est ma fête.

Derrière le garde-chasse apparaît un visage rond avec des yeux en amande ; c'est Mme Briard, la maman de Fanie. D'habitude, elle n'a pas le visage aussi rond. C'est parce qu'elle attend un bébé, un petit frère pour Fanie.

— Fanie, sois gentille, dis au revoir à tes amis. Vous aurez tout l'été pour faire la fête maintenant que l'école est terminée. Plus tôt tu dormiras, plus tôt tu t'éveilleras. Tu m'accompagnes à la clinique demain, n'oublie pas.

Fanie sourit à sa mère. Demain, elles vont ensemble à la clinique pour voir ce que fabrique le petit frère de Fanie dans le ventre de maman. Fanie a tellement hâte de savoir de quoi il a l'air qu'elle se dépêche d'embrasser ses amis en les remerciant pour les cadeaux.

— Je vous reconduis chacun chez vous dans ma camionnette. Pas d'animaux en liberté dans les rues à cette heure-ci, c'est le garde-chasse qui vous le dit !

Après avoir embrassé sa femme et sa fille, M. Briard part avec sa ménagerie : Cochon, Chiens, Souris, Belette, Castor et Renard prennent place docilement dans la camionnette. Babouchka, la chienne de la famille, insiste pour monter aussi. C'est une labrador noire, énorme et super douce avec les enfants. Les mains s'agitent derrière les vitres.

— On s'appelle !
— Fanie, tu viendras te baigner samedi !

— Salut Andréanne, salut Alex !

— Merci pour la fête...

Devant la maison, une Mouffette, un Panda et un Chat entourent Mme Briard portant fièrement son ventre. Tous souriants et fatigués.

* * * * * * *

Le sous-sol a l'air d'un vrai tableau de chasse. Sacs de chips éventrés, bouteilles de boisson gazeuse mortes de leur belle mort, deux ou trois chocolats fondants complètement fondus au fond d'un plat. La fête est finie, il faut ramasser. Le Panda arrête le disque qui tournait encore et soupire :

— Ils doivent avoir chaud les pandas, l'été, dit Alex, en retirant son costume.

Fanie le regarde en riant :

— Avec ton petit bedon, tu faisais un très beau panda.

Andréanne glousse dans son coin, des plats vides plein les bras.

— En parlant de ventre, j'connais une Belette et un Castor qui vont avoir mal au ventre ce soir. Ils ont tout mangé. De vrais gloutons, les Gascon !

Andréanne, c'est la meilleure amie de Fanie. Elles sont toujours ensemble et passent leur temps à se chuchoter des secrets que les adultes voudraient bien connaître. Fanie dort souvent chez Andréanne mais ce soir, c'est Andréanne qui dormira chez Fanie. Après une fête comme celle-là, les deux filles ont bien des histoires à se raconter. Gageons qu'elles vont bavarder et ricaner dans leur lit jusqu'à ce que Mme Briard viennent leur dire qu'« il est assez tard, les filles ! »…

Alex, lui, c'est le cousin de Fanie. Il a un an de moins que les deux filles. Parce que c'est un cousin particulièrement gentil, Fanie et Andréanne veulent bien partager quelques secrets avec lui. Alex habite à Sherbrooke et il fréquente une école alternative. Il adore la nature tout comme les deux filles. Le trio projette de construire une cabane dans les bois cet été et d'y passer le plus de temps possible. Alex a un plan pour construire une cabane sans détruire la nature. De leur côté, les filles connaissent très bien le bois qui s'étend derrière la maison. Raison de plus pour s'associer. Alex passe l'été dans un chalet tout près. Comme ses parents arrivent seulement dans trois jours, il est venu en éclaireur et dort chez sa cousine.

Même si Alex est un peu rondelet (les adultes trouvent ça charmant, mais Alex est plutôt coquet et aimerait bien être plus élancé), Andréanne le trouve tout à fait de son goût. Mais ça, c'est un des secrets de Fanie et d'Andréanne. Et Fanie, qui aime taquiner plus souvent qu'à son tour, ne rate pas une occasion de mettre Andréanne et Alex dans des situations embarrassantes.

— Bon, dit-elle, maintenant que le sous-sol est presque propre, on peut aller se coucher. Vous dormez tous les deux dans la même chambre, est-ce que maman vous l'a dit?

— Quoi???

Alex et Andréanne sont devenus cramoisis d'un seul coup. Fanie éclate de rire en voyant leurs faces d'aubergine. Les deux autres tentent de dissimuler leur gêne derrière un rire forcé. Soudain une fenêtre du sous-sol vole en éclats. Ils ont à peine le temps de voir un objet traverser la pièce. Pris de frayeur, nos trois associés se jettent par terre et se réfugient sous les meubles en attendant la suite. La porte s'ouvre. C'est Mme Briard qui descend les marches quatre à quatre.

— Qu'est-ce que c'est que ça? ... Fanie, Alex, Andréanne? Où êtes-vous?

Une fois sortis de leur cachette, et seulement après avoir ramassé les débris de vitre, Alex, Fanie et Andréanne sont montés se coucher. L'affaire de la fenêtre brisée reste mystérieuse. Ils ont eu beau fouiller tout le sous-sol avec Mme Briard, ils n'ont pas trouvé ce qui avait pu casser cette vitre. Au deuxième étage, les chuchotements vont bon train. Réunis dans le couloir, aussitôt que Mme Briard est redescendue, les trois comparses s'interrogent.

Fanie est très excitée. Enfin, un peu d'aventure !

— On dirait que quelqu'un nous en veut, murmure-t-elle.

— Tu veux dire que quelqu'un t'en veut à toi, précise Alex. C'est ta maison ici. Pas celle d'Andréanne ni la mienne.

Fanie regarde son amie.

— Tu ne dis rien, toi ?

Andréanne sourit.

— On va savoir bientôt qui a fait le coup...

— Comment ça ? On n'a trouvé aucun indice ! réplique Alex.

Alex a lu beaucoup de romans policiers. Les indices, il connaît ça. Il adore les indices, il adore les romans policiers et il a un bon sens de la déduction. Mais on verra ça plus tard ! Andréanne sait quelque chose et Fanie s'impatiente...

— C'est vrai qu'on a rien trouvé, affirme cette dernière. Tu dis ça pour te rendre intéressante ou quoi ?

— Vous n'avez rien trouvé parce que l'indice, je l'ai ramassé, déclare simplement Andréanne d'un air satisfait.

— Tu te trouves drôle peut-être ! s'indigne Fanie. Quelqu'un casse une vitre chez moi et toi, tu caches les indices !

— CHUT !!! font Alex et Andréanne.

Fanie a parlé très fort.

— Les filles, assez jasé ! lance Mme Briard du salon.

Profitant du profond silence qui suit la remarque de Mme Briard, Andréanne sort un curieux objet de sa manche. L'effet est réussi !

— C'est dégueulasse, dit Fanie.

— Ta mère veut pas que tu dises ça « dégueulasse » ! dit Andréanne.

— Ma mère est pas là, puis c'est vraiment dégueulasse !!!

Alex est déjà en train d'examiner l'indice. C'est un objet très dur enroulé dans du papier et attaché avec une corde étrange qu'Alex dénoue. Le papier s'ouvre et laisse apparaître un gros caillou. Ce que les enfants ont pris pour une corde est en fait une queue de rat, une vraie queue de rat.

Andréanne fait la grimace en apprenant qu'elle a caché une queue de rat dans son chandail.

— Je vais dire comme toi, Fanie… c'est
dégueulasse, fait-elle.

— Oh, il y a un message, dit Alex, écou-
tez ça : LA PROCHAINE FOIS, C'EST LA
QUEUE DE TON CHIEN QU'ON COUPE.
ON VEUT PAS TE VOIR DANS NOTRE
BOIS ! C'est sadique ! D'après vous, les
filles, qui a lancé le caillou ?

Les trois réponses fusent en même
temps comme d'une seule bouche :

— LES FRÈRES TROTTIER !!!

Chapitre 2
La mésaventure de Babouchka

Quand le soleil se lève au-dessus du mont Sutton, Alex, Fanie et Andréanne ont déjà avalé leur déjeuner. De la salle à manger, on peut voir la forêt très dense qui s'accroche à la montagne. De nombreux conifères et quelques feuillus. Les enfants ont fait des projets pour l'avant-midi : ils partent en forêt pour trouver l'endroit idéal où construire leur cabane.

Sacs au dos, ils s'apprêtent à partir quand la camionnette de M. Briard entre dans la cour. Fanie court saluer son père qui discute avec Daniel Vézina, son compagnon de travail. Tous deux viennent de passer une nuit blanche dans les bois pour tenter de mettre la main au collet des braconniers qui leur donnent beaucoup de fil à retordre ces temps-ci. Fanie a l'air d'une souris à côté de Daniel Vézina qui est très, très grand et poilu comme un ours. Même sa voix est comme celle d'un ours, si un ours pouvait parler. Pourtant, il est doux comme un agneau.

Fanie adore Daniel Vézina. L'an dernier, elle rêvait même de se marier avec lui quand elle serait grande. Maintenant qu'elle est grande, elle sait qu'elle ne le sera jamais assez pour être la femme de Daniel. Et puis, de toute façon, Daniel vit avec Susanne. Ils ont même une petite fille nommée Sarah.

Daniel, pour s'amuser, braque une lampe de poche très puissante sur Fanie en lui disant : « Mlle Fanie Briard, vous êtes en état d'arrestation ! » Fanie rit parce qu'elle trouve toujours drôles les farces de Daniel. Alex, curieux comme une belette, s'est approché de la camionnette des gardes-chasse.

— As-tu arrêté des bandits cette nuit, mon oncle Denis ?

Les traits tirés, Denis Briard, étouffant un bâillement, prend quand même le temps d'expliquer à son neveu :

— Pas des bandits, Alex, des braconniers. Non, on n'a arrêté personne, sauf un chien qui courait après un bébé faon.

— Les chiens n'ont pas le droit de courir dans la forêt ? demande Alex.

— Quand on a un chien, il faut toujours savoir où il est. Un chien, pour s'amuser, peut blesser des animaux sans défense.

— Vous l'avez mis en prison, le chien ? s'inquiète Andréanne qui aime beaucoup les chiens.

Daniel s'exclame :

— En prison ! Non. On l'a reconduit chez son maître qu'on a sévèrement averti de garder son animal à la maison. La prochaine fois qu'on surprend ce chien à chasser dans la forêt, son maître devra payer l'amende.

Alex veut jeter un coup d'œil à l'intérieur de la camionnette.

— Sois prudent Alex, l'avertit son oncle. Tu peux regarder mais ne touche à rien.

Alex s'installe au volant. Dans l'habitacle règne un vrai fouillis. Il y a de tout : des cartes de la région, des lampes de poches, un cibi, une hache, des vêtements de pluie. Habituellement, il y a aussi des armes

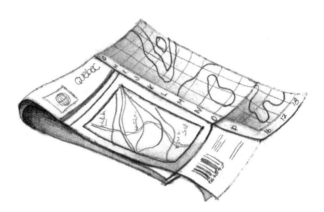

à feu, mais l'oncle Denis les retire toujours de la camionnette lorsqu'il n'y est pas.

Là, sur le tableau de bord, Alex repère le bouton qui actionne le gyrophare (la lumière qui tourne sur le toit de la camionnette). Il aurait bien envie d'appuyer mais son oncle lui a déjà dit que ce n'est pas un jouet.

Fanie a déjà confié à Alex qu'elle veut devenir garde-chasse plus tard. Bien enfoncé dans son siège, Alex rêve : il pourrait peut-être faire équipe avec Fanie. Pourquoi pas ? Ils s'entendent si bien. Alex commence à se demander sérieusement s'il n'aimerait pas devenir garde-chasse...

— Vous partez en expédition? demande Daniel aux jeunes.

— On veut construire une cabane dans la forêt, répond Fanie. On sera de retour au début de l'après-midi. Je vais à la clinique avec maman.

— On va tous les trois à la clinique, corrige M. Briard. Moi aussi, j'ai hâte de savoir qui se cache dans le ventre de maman... Avez-vous tout ce qu'il faut pour votre excursion?

— Oui, papa. Dans nos sacs à dos. De la nourriture, de l'eau et une boussole. Si Alex veut bien se sortir le nez de la camionnette, on pourra partir.

— Oui oui, j'arrive, réplique Alex. J'aimerais bien aller travailler avec toi, un de ces jours, mon oncle.

— Un jour peut-être..., répond évasivement le père de Fanie, en verrouillant la camionnette.

— Bonne expédition, lance Daniel avant de suivre M. Briard dans la maison.

Les enfants s'éloignent et Babouchka, dans la véranda, pousse un jappement qui veut dire : «Emmenez-moi!»

— Voulez-vous emmener Babouchka ?

— Pas aujourd'hui, papa. Une autre fois.

On comprend bien pourquoi Fanie ne veut pas que Babouchka les accompagne. Les Trottier ont menacé de lui couper la queue.

— Soyez prudents, avertit M. Briard, en consolant son chien.

— Papa, je connais la forêt comme ma poche.

— Moi, je connais ma fille et je sais qu'il lui arrive d'avoir des idées un peu trop audacieuses. La forêt, c'est pas un terrain de jeu. Conduisez-vous aussi bien que les animaux et vous n'aurez pas d'ennuis.

Fanie court rejoindre Alex et Andréanne, qui s'éloignent déjà dans le sentier sans entendre les derniers conseils du garde-chasse. Il sait de quoi il parle, M. Briard : en forêt, les humains se comportent bien souvent moins sagement que les animaux...

Nos trois explorateurs au sac à dos vont bientôt en faire l'expérience.

****

En fermant les yeux, on se croirait au beau milieu d'un film d'horreur. Un calme inquiétant, quelques craquements de bois à l'occasion et ces bruits de mâchoires. Tiens, on se croirait au cœur du film **Les fourmis contre-attaquent** !

Mais les yeux ouverts, on s'aperçoit bien que le calme qui règne dans la pineraie que Fanie a choisie pour pique-niquer n'a rien d'inquiétant. Les craquements de bois proviennent des écureuils qui rôdent en espérant manger les restes du repas. Ils n'ont aucune chance parce qu'il n'y aura pas de restes. Les mâchoires qui claquent avec autant d'entrain sont celles de nos trois amis. Confortablement installés dans une clairière, sur un tapis d'aiguilles de pin, les petits coureurs des bois font des projets.

— Cet endroit est fantastique, dit Andréanne.

— Avec les arbres qui font une petite cachette naturelle, on n'aura qu'à ajouter quelques branches de pin pour boucher les trous et se faire un toit, les jours de pluie.

Ils ont marché tout l'avant-midi, à la recherche du coin de forêt idéal pour mettre leur projet à exécution. L'endroit n'est pas mal, mais Fanie demeure inquiète. Elle n'a pas digéré le coup de la vitre fracassée.

— Je voudrais être sûre que les Trottier ne pourront pas dénicher notre cachette, dit-elle.

— On ne s'empêchera pas de venir dans le bois parce que les frères Trottier ont décidé que c'était LEUR bois! réplique Alex.

— Andréanne, tu te rappelles les ennuis que les Trottier ont causés, l'été dernier? Des arbres endommagés, des petits animaux morts! Des vrais sauvages, les frères Trottier!

— Heureusement, ils sont là seulement l'été, explique Andréanne à l'intention d'Alex. Sinon, il ne resterait plus un pouce du mont Sutton. Les Trottier sont du genre à se promener en motoneige dans les sentiers de marche. Beau genre, hein!

— On avait espéré que cet été, les Trottier resteraient chez eux, en ville, ajoute Fanie. Ou bien qu'ils iraient en camp de vacances. Mais non. Jeudi, Andréanne et moi, on est allées chez le dépanneur pour ma mère. Qui est-ce qu'on rencontre? Les quatre frères Trottier à bicyclette.

Andréanne poursuit:

— Imagine Alex, ils avaient entendu parler de la fête de Fanie et ils voulaient se faire inviter. On a dit non, hein, Fanie?

— Certain qu'on a dit non!

— Pas surprenant, déclare Alex, qu'ils aient lancé une pierre dans le sous-sol, hier. Ils sont jaloux. Ils voudraient faire partie de vos amis mais ils ne savent pas comment s'y prendre.

— Jamais de la vie! éclate Fanie.

— Vous pensez pas que nous trois, on

vaut bien quatre Trottier? conclut Alex, qui semble mijoter un plan.

Les filles lui sourient.

— On vaut bien quatre Trottier, répètent-elles en chœur.

Comme pour répondre à ce cri de ralliement, une fanfare retentit dans la forêt. Une fanfare qui jouerait tout de travers et sur des chaudrons en plus. À travers ce tintamarre, on distingue les hurlements d'un animal aux abois!

Fanie saute sur ses pieds et s'élance en direction du vacarme.

— C'est Babouchka! C'est mon chien!

Alex et Andréanne se ruent derrière Fanie. C'est la pagaille. Au détour d'un sentier, le trio tombe face à face avec Babouchka. Pauvre Babouchka! Dans quel état!!!

Chapitre 3
Le plan d'Alex

Babouchka a fait une mauvaise rencontre. Les frères Trottier ont mis la main sur elle. Pauvre, pauvre Babouchka ! Affolée, elle court après sa queue dans une ronde qui n'aurait jamais eu de fin sans l'arrivée de Fanie. Au grand soulagement de tout le monde, Babouchka a toujours sa queue. Les Trottier n'ont pas mis leur menace à exécution. Ils se sont contentés d'y attacher des boîtes de conserve vides. La fanfare de chaudrons, c'était Babouchka, sa queue battant la mesure de son désespoir.

— Encore les Trottier ! enrage Alex. Va falloir leur donner une leçon, les filles !

— Aidez-moi à lui enlevez ça ! dit Fanie.

— Faire ça à un chien, les sans-cœur! s'indigne Andréanne. On devrait avertir ton père. Il les mettrait en prison, les bandits! On sera jamais tranquilles dans notre cabane avec les Trottier aux alentours.

— Y'est pas question de leur laisser le bois, dit Fanie. On est ici chez nous, on aime la forêt, on a le droit d'y venir tant qu'on fait pas de mal aux arbres ni aux animaux.

— T'as pas peur qu'ils finissent par lui couper la queue pour vrai à ton chien? s'inquiète Andréanne.

— Si Babouchka reste près de nous, il lui arrivera rien. Ils sont fous ces gars-là, mais ils sont loin d'être braves.

Babouchka, trop heureuse d'être libérée de ses boîtes de conserve, gambade de l'un à l'autre pour se faire flatter. Elle sait qu'on parle d'elle et sa queue frétille de joie. Tout en la caressant distraitement, Alex déclare:

— Ça me donne une idée ce que tu dis là… Connaissez-vous ça, la négociation?

— La négotion? demande Fanie, intriguée.

— Négociation, corrige Andréanne qui a l'air de savoir. C'est quand les gens font la grève.

— On veut pas faire la grève, proteste Fanie.

— C'est pas tout à fait ça, dit Alex. Ça veut dire aller parler avec nos adversaires pour s'entendre sur quelque chose qui ferait l'affaire de tout le monde.

— S'entendre avec les Trottier! se moque Andréanne. Bonne chance, Alex.

— On va organiser une rencontre au sommet. Je vais aller négocier une entente, dit Alex fièrement.

— On ferait ça où? demande Fanie.

— Une rencontre au sommet, on pourrait faire ça au sommet de la Butte-à-Blaireau. C'est justement entre le chalet des Trottier et notre quartier général, dit Andréanne.

— Notre quartier général? s'étonne Fanie. On n'a pas de quartier général.

— J'ai pensé que ça pourrait être chez toi, Fanie, explique Andréanne. T'habites tout près du bois.

— Et c'est chez toi que tout a commencé, ajoute Alex.

Fanie réfléchit. Ses parents n'aimeraient pas la savoir en guerre contre les Trottier…

— O.K. Le quartier général sera chez moi. Mais il faut s'arranger pour que mes parents s'en aperçoivent pas. Quand on fera une réunion, on dira que c'est pour la cabane.

— Ça me va, dit Alex. Et quand la cabane sera construite, on en fera notre quartier général.

— On va la construire quand, la cabane ? demande Andréanne, qui serait prête à commencer tout de suite.

— On commence demain. Il faut que je retourne à la maison, dit Fanie. C'est cet après-midi que je vais à la clinique avec ma mère.

— Chanceuse ! Vous pouvez pas m'emmener ? demande Andréanne.

— J'aimerais ça y aller, moi aussi, dit Alex. Après tout, c'est mon cousin, ce p'tit bébé-là !

— On s'en va pas au zoo ! dit Fanie d'un ton vif. On s'en va voir mon p'tit frère ! C'est pas ouvert à n'importe qui. Tu parles d'une bande de curieux !

Elle appelle Babouchka et s'engage dans le sentier d'un pas décidé. Fanie a son petit caractère.

— Réunion demain matin à 9 heures dans la véranda. Perdez-vous pas dans les bois et attention aux gros méchants Trottier... Salut, les amoureux!

****

Andréanne reçoit Alex chez elle. En l'absence de Fanie, ils ont décidé de tirer des plans. La gardienne d'Andréanne les a installés à la table de pique-nique, dans le sous-bois, derrière la maison. Pour collation, des fruits et du yogourt! Andréanne dévore à grosses cuillerées le bol énorme qu'elle s'est préparé.

Alex, lui, se sert une portion beaucoup plus raisonnable. Il surveille sa ligne, le coquet! De loin, on dirait vraiment deux amoureux qui causent tranquillement.

— Ma cousine est comme ça, faut pas s'en faire, dit Alex. Demain, elle va être de très bonne humeur, j'en suis certain.

— Je le sais, je la connais, c'est ma meilleure amie.

— Quand elle va revenir, on va avoir une surprise pour elle.

— On est bien capables de régler le cas des Trottier sans Fanie.

— On va leur parler, s'expliquer...

— Négocier, quoi! précise Andréanne.

— C'est ça. Et demain, on construit notre cabane en paix. On n'entendra plus jamais parler d'eux, tu vas voir.

Alex prend une bouchée gourmande. Pendant un moment, on n'entend que des petits « hum » de satisfaction. Les fruits sont frais et c'est super bon !

— Fini la rigolade, au travail maintenant, dit Andréanne en repoussant son bol.

Alex et Andréanne écrivent une note qu'ils iront porter discrètement au chalet des Trottier. C'est une invitation à venir négocier :

Nous vous attendons
sur la Butte-à-Blaireau
à 4 heures. Nous voulons
négocier et nous avons
des idées pour que l'été
se passe sans chicane.
Venez seulement deux,
nous serons deux aussi...

Signé : Vous savez qui...

Chapitre 4
L'affront

Presque 4 heures. Sur la Butte-à-Blaireau, Alex et Andréanne sont nerveux. Est-ce que les Trottier vont venir ? Arriveront-ils à s'entendre ?

— Ça dépend qui les Trottier vont envoyer négocier, dit Andréanne. Le plus vieux, Maxime, a douze ans. C'est le chef, mais c'est pas le plus mauvais des quatre. Après, il y a les jumeaux, qui ont dix ans. De vrais monstres. Pas de tête sur les épaules.

— Je ne veux pas négocier avec deux têtes folles ! s'inquiète Alex.

— Ensuite, c'est Steve. Il est de ton âge. C'est le plus timide des quatre. Je pense même que si ce n'était pas de ses frères, ça pourrait être un bon gars.

— J'espère voir arriver Maxime et Steve.

— Surtout pas les jumeaux!

Silence. Pas le moindre bruit. Pas même une petite brise qui ferait bouger les feuilles. Rien. Alex et Andréanne attendent toujours.

— S'ils ne se sont pas montrés à 4 heures 15, on s'en va, dit Andréanne. On n'est tout de même pas pour passer la nuit ici...

Tout à coup, sortant de nulle part, Maxime et Steve Trottier arrivent montés sur leurs bicyclettes. Comme si la forêt était un endroit pour se balader en vélo! Ils freinent brusquement à quelques pouces d'Alex et d'Andréanne.

«Ils se prennent pour des motards!» se dit Alex, qui ne peut dissimuler un sourire narquois.

— Qu'est-ce qui te fait sourire, Bouboule? demande le grand Maxime.

Alex décide de ne pas relever cette insulte.

— Je suis content que vous soyez

venus. Je m'appelle Alex. Je suis le cousin de Fanie. Elle, c'est Andréanne.

— On la connaît, Andréanne, dit Steve.

— La belle Andréanne! C'est ta blonde, Bouboule?

Maxime se moque d'Alex sous son nez! Mais Alex n'a pas l'intention d'entrer dans son jeu. Il est venu ici pour s'entendre, pas pour se quereller. Il sort de sa poche une feuille de papier qu'il déplie.

— Voici. On a rédigé une entente. Je vais vous la lire. C'est une façon de se partager le bois.

— Comme ça, ajoute Andréanne, en ayant chacun son coin, on ne risque plus de se rencontrer. Vous ferez ce que vous voudrez dans votre coin, on fera ce qu'on veut dans le nôtre.

Alex commence à lire. Mais les Trottier l'écoutent à peine. Ils se parlent à l'oreille tout en ricanant. Maxime, toujours sur son vélo, s'étire, casse une branche basse et se met à en arracher l'écorce. Steve retire des cailloux de ses poches et les lance vers un arbre en essayant de faire tomber des feuilles!

Alex lit toujours. Andréanne a les yeux noirs de colère. Voir les Trottier briser des arbres devant elle et ne rien pouvoir faire !

« Ils me donnent le goût de les battre ! »
pense-t-elle.

Maxime se penche à nouveau vers Steve
et lui glisse un mot à l'oreille. Il s'agit sans
doute d'un mot de passe, car les deux frères
se mettent à siffler entre leurs doigts. Des
sifflements stridents ! Tout se passe très
vite. Alex et Andréanne n'ont pas le temps
de réagir. Les sifflements sont un signal :
voilà que surgissent à leur tour les jumeaux
Trottier, montés eux aussi sur leurs vélos.
Brandissant une grosse corde et criant
comme des guerriers indiens, il tournent
autour d'Alex et d'Andréanne en les atta-
chant solidement à un arbre.

Nos deux amis en restent bouche bée.
Ils sont venus pour négocier et voilà qu'ils
se font insulter, attaquer, et même ligoter !
Les Trottier s'en donnent à cœur joie.

— Ils ont l'air de deux saucissons, dit
l'un des jumeaux.

— On devrait leur mettre le feu aux
fesses comme dans les films de cow-boys,
dit Maxime, en sortant de sa poche un
briquet Bic.

Alex laisse tomber son papier par terre
et prend la main d'Andréanne. Il a peur.

Andréanne aussi, mais elle n'est pas du genre à se taire très longtemps.

— Vous devriez pas faire ça ! Fanie va venir nous chercher avec son chien..., ment-elle.

— On a peur ni de Fanie ni de son chien ! rétorque l'autre jumeau. En passant, est-ce que son chien traîne toujours ses boîtes de conserve avec lui ?

Andréanne essaie une autre fois de leur flanquer la frousse avec un mensonge bien placé :

— Elle va venir avec son père aussi !

Les Trottier éclatent de rire. Ils ne la croient pas.

— Laisse tomber, Andréanne, dit Alex.

— Ta blonde est plus courageuse que toi, Bouboule, lance Steve.

Pauvre Alex. Il rougit et les Trottier rient de plus belle. Il va pourtant sortir de ses gonds.

— Ça va faire, crie-t-il. Détachez-nous ! Vous êtes pas drôles !

Les Trottier s'arrêtent net de rire. Silence dramatique... Maxime colle son nez sur celui d'Alex.

— Il est pas né celui qui va dire aux Trottier quoi faire et quoi penser !

44

Maxime se penche, le briquet à la main. Il va mettre le feu aux pieds des deux prisonniers. Chacun retient son souffle…

Il ramasse le papier d'Alex, en fait une papillote et y met le feu. Puis il le jette par terre.

— Allons-y, les gars. On n'a plus rien à faire ici. Vous deux, la prochaine fois, on vous met le feu aux fesses pour vrai !

Les Trottier sautent sur leurs bicyclettes comme s'il s'agissait de chevaux et disparaissent en poussant des cris de victoire. Derrière eux, les feuilles volent et les branches se cassent. Alex et Andréanne pleurent doucement, toujours ficelés comme des saucissons.

****

La nuit tire à sa fin mais il fait encore très noir. La pluie vient tout juste de cesser. Dans la forêt, sur le sol humide, deux corps sont étendus, immobiles. Denis Briard et Daniel Vézina se sont cachés dans ce trou pour rien. Ils ont eu beau faire le guet toute la nuit, il ne s'est rien passé.

— Ils doivent avoir découvert notre camionnette, et ils ont compris qu'on n'était pas loin, dit Daniel de sa grosse voix d'ours enrouée.

Les deux gardes-chasse essaient depuis des semaines de capturer les braconniers qui font des ravages chez les ratons laveurs du coin. Sans doute pour faire des toques de fourrure. Tuer des dizaines de petites bêtes pour quelques dollars ou juste pour le plaisir, quelle bêtise !

— J'ai l'impression d'être un jouet et je n'aime pas ça.

— On rentre, dit le père de Fanie, à peine reconnaissable avec sa barbe longue.

Ils rejoignent leur camionnette qu'ils ont cachée dans un fourré.

— J'ai hâte d'être dans mon lit, soupire M. Briard.

Pour toute réponse, Daniel baille à s'en décrocher la mâchoire.

Ils dégagent le véhicule des branches qui le camouflaient, s'installent confortablement, bouclent leurs ceintures et démarrent. Ils n'ont pas fait deux mètres qu'un drôle de bruit les oblige à s'arrêter. Tous deux descendent de la camionnette.

— Ah non, c'est pas vrai ! s'exclame M. Briard.

Les deux pneus arrière sont à plat. Les

deux ! Des planches traversées d'une douzaine de clous et posées sous les roues ont causé la crevaison.

— J'en étais sûr. Ils avaient repéré la camionnette, nos chers braconniers, dit Daniel.

— J'appelle une remorqueuse, fait M. Briard en s'engouffrant dans la cabine. Il saisit le micro du cibi, qui lui reste dans les mains. Le fil a été coupé et pend librement.

— Es-tu en forme pour marcher, Daniel ? crie-t-il à son compagnon.

— Comment ça ? demande Daniel, qui examine toujours les pneus. Pas de remorqueuse ?

M. Briard lui tend le micro mort au bout de son fil. On dirait qu'il tient une souris grise par la queue.

— Aucun moyen de communiquer, dit-il. Il nous reste la marche.

— Ah non, pas ce matin, se plaint Daniel. Ils vont me le payer, ces braconniers de malheur !

Chapitre 5
La réunion

Le lendemain, réunion spéciale chez Fanie comme prévu. Elle est commencée depuis quinze minutes déjà et ni Andréanne ni Alex n'ont encore pu placer un mot. Fanie raconte de long en large sa visite à la clinique. Enthousiaste comme tout, Fanie !

— Là, maman s'est couchée sur le dos, le ventre à l'air. La technicienne lui a appliqué une sorte de jello bleu sur l'abdomen. Moi et papa, on a fait comme si on était dégoûtés, mais on trouvait ça drôle. Maman a dit que c'était froid. Ensuite, la technicienne s'est mis à promener un appareil sur le ventre de maman. Puis, sur un petit écran, juste à côté, on a vu des formes. C'était notre bébé ! On a vu la tête, les bras, les jambes, tout! Vous auriez dû voir ça!

— On n'était pas invités, dit Alex, en donnant un coup de coude à Andréanne.

— Et pendant que t'étais pas là, enchaîne Andréanne, il nous est arrivé quelque chose de pas mal grave.

Mais Fanie est encore à la joie d'avoir vu son bébé.

— Vous savez pas la meilleure? Mon p'tit frère, c'est une p'tite fille!

— Quoi???

Alex et Andréanne ne comprennent plus rien.

— Tu dis toujours que tu vas avoir un p'tit frère! dit Alex. J'aurai pas de cousin?

— Je pensais que j'allais avoir un frère mais je me suis trompée, c'est une sœur!

— Chanceuse! dit Andréanne qui aimerait bien avoir un frère ou une sœur.

— Parlant de frères, commence Alex, les frères Trottier...

— Un frère, une sœur, ça fait pas de différence pour moi. Je veux avoir un p'tit bébé en santé. C'est tout. Comme dit maman...

Alex se lève d'un bond, sans attendre la suite.

— Fanie, si tu nous écoutes pas, moi je

donne ma démission pour la cabane !

Fanie s'arrête au beau milieu de sa phrase.

— Quoi ? Qu'est-ce qui vous prend ? Vous êtes bien énervés, vous deux aujourd'hui !

— Y'a de quoi, intervient Andréanne, les Trottier nous ont attachés à un arbre, et en plus on a failli brûler vivants !

Fanie ouvre des yeux grands comme des dollars.

— Il fallait le dire avant !

Alex pousse un soupir d'exaspération. Andréanne se dépêche de tout raconter à Fanie : l'idée de la rencontre au sommet, la lettre aux Trottier, le rendez-vous, la lecture de l'entente, l'arrivée des cow-boys à bicyclette, le coup des saucissons attachés à l'arbre et le briquet de Maxime. Fanie n'en revient pas.

— Comment vous êtes-vous sortis de là ?

— Heureusement, Alex avait un canif dans sa poche, explique Andréanne.

— Et le feu ? s'inquiète Fanie.

— Rien, dit Alex. Le papier a brûlé, mais rien de plus.

Fanie réfléchit.

— On devrait en parler à ton père, suggère Andréanne.

— C'est vrai, ajoute Alex. Les Trottier font des crimes dans la forêt. Mon oncle Denis est garde-chasse. Il faut lui en parler au plus vite.

Alex n'a pas aimé son expérience de la veille et ne voudrait pas retomber entre les mains des quatre frères Trottier.

— Mon père est couché. On l'avertira plus tard. Il a des problèmes avec des gens qui chassent sans permis, des braconniers. Cette nuit, ils ont crevé les pneus de la camionnette. C'est maman qui me l'a dit.

— Bon, c'est simple, on fait rien avant d'en avoir parlé à mon oncle.

— Rien faire, tu y penses pas, Alex!

Fanie n'est pas du genre à ne rien faire.

— Si on fait rien, les Trottier vont penser qu'ils sont les plus forts, qu'ils ont juste à nous faire peur un p'tit peu pour qu'on leur laisse le bois!

— Peur un p'tit peu? Ça paraît que t'étais pas là, proteste Andréanne.

— Je veux dire qu'il faut pas se laisser faire, reprend Fanie. On va aller construire notre cabane aujourd'hui comme prévu.

— Et si les Trottier nous surprennent ? s'inquiète Alex.

— On emmène Babouchka. Elle va nous protéger. S'il nous arrive quelque chose, elle va venir avertir mes parents.

Andréanne n'est pas plus rassurée qu'Alex.

— T'es sûre, Fanie, que c'est ce qu'il faut faire ?

Fanie prend la main d'Andréanne.

— Il nous arrivera rien, j'en suis sûre. Soyez certains que les Trottier viendront pas nous ennuyer aujourd'hui. On va leur trouver autre chose à faire. Bon, on y va ?

— Pas de lunch ? Rien ? demande Alex.

— Non, mon « Bouboule ». On revient dîner à la maison. Il faut parler à mon père.

****

Avant d'aller construire la fameuse cabane, Fanie propose de faire un détour par le chalet des Trottier.

— Pas question d'aller se jeter dans la gueule du loup ! objecte Alex.

— Y'a pas de danger. On va passer par la forêt. On va s'approcher le plus près possible du chalet des Trottier. J'ai ma petite idée, dit Fanie.

Andréanne est d'accord :

— Moi, en autant qu'on est prudents...

Chapitre 6
Les soupçons

À l'orée du bois, près du chalet des quatre voyous, Alex, Fanie et Andréanne restent prudemment cachés pendant quelques minutes. On dirait qu'il n'y a personne. Babouchka se tient sagement près de sa maîtresse. Fanie prend le risque de lancer un petit caillou sur le toit de la véranda. Juste pour voir. Mais le bruit du petit caillou n'attire personne. La voiture de M. Trottier n'est même pas là. La famille est probablement partie faire des courses. Fanie est rassurée.

— Allons-y, dit-elle, la maison est vide.

Babouchka la suit en toute confiance.

— C'est trop dangereux ! fait Alex en se traînant les pieds.

— Viens Alex, dit Andréanne, c'est désert et Fanie a une idée pour que les Trottier nous fichent la paix.

Fanie se dirige vers la véranda sous laquelle les quatre bicyclettes sont rangées.

— On va calmer un peu leurs «chevaux»! dit-elle en tapotant la selle d'un des vélos. Alex, surveille à gauche. Et toi, Andréanne, tu surveilles à droite. Si vous voyez bouger, vous sifflez et on se sauve en courant.

Fanie s'approche des bicyclettes et lentement, elle dégonfle un premier pneu. PFFF!

— Aidez-moi, dit-elle.

Alex et Andréanne se mettent à la tâche. Ils dégonflent tous les pneus. PFFF! PFF! PFF! Leur mauvais coup terminé, Fanie, Alex et Andréanne retournent furtivement dans le bois en retenant un fou rire énorme.

— On a la paix pour un bon moment, s'amuse Fanie. Même si les Trottier rentraient tout de suite, ils en auraient pour un bon bout de temps à regonfler tout ça.

— Ils vont deviner que c'est nous, dit Alex, inquiet.

— Un problème à la fois, tranche Fanie. Maintenant, la cabane!

Alex et Andréanne emboîtent le pas à Fanie. Babouchka gambade devant.

— Y'en a pas deux comme toi, Fanie. Si t'étais pas déjà ma meilleure amie, je te choisirais ! dit Andréanne avec fierté.

Pendant presque deux heures, ils travaillent d'arrache-pied. Un peu de sapinage ici, quelques branches mortes là. Finalement, leurs efforts sont récompensés. La cabane est très réussie. L'entrée est si bien camouflée que, même de très près, elle est presque invisible. On dirait simplement un coin de forêt plus touffu. Jamais les Trottier ne découvriront où se réunissent leurs ennemis. Après avoir bien admiré leur œuvre, Alex, Fanie et Andréanne en font l'ouverture.

— Je déclare officiellement notre cabane ouverte, proclame Fanie.

— Je déclare que c'est la cabane de Fanie Briard, Alex Briard et Andréanne Forestier, ajoute Alex.

— Moi, je déclare que c'est notre quartier général et que nous allons y tenir une première réunion, conclut Andréanne.

Ils entrent et chacun se trouve un coin où s'asseoir confortablement. Babouchka se couche au centre. La réunion peut commencer.

Alex réfléchit à haute voix :

— Moi, ce que je voudrais bien savoir, c'est pourquoi les Trottier veulent absolument nous éloigner de la forêt...

— C'est pas compliqué, dit Andréanne, les Trottier cherchent la chicane pour la chicane. Ils ont pas d'amis, ces gars-là.

— Je pense pas que ça soit ça, reprend Alex. D'après moi, les Trottier ont quelque chose à cacher.

— Tu lis trop de romans policiers, taquine Andréanne.

— Alex a peut-être raison, intervient Fanie. L'été passé, les Trottier nous agaçaient mais jamais à ce point-là. Maintenant, ils s'arrangent pour qu'on mette plus jamais les pieds dans le bois. Il doit y avoir un motif.

— Ils sont pires à chaque année, dit Andréanne. On devrait bavasser à leurs parents, ça les calmerait.

— Moi, j'ai pas confiance en leur père, déclare Fanie. Il n'a pas l'air honnête. J'aime pas les gens qui se cachent derrière une grosse barbe.

— Bien voyons, riposte Andréanne,

mon grand-père a une barbe grosse comme ça, et il est super gentil.

— Vous m'avez dit que l'été passé, les Trottier tuaient des p'tits animaux ? demande Alex.

— Oui, des vrais malades, s'indigne Andréanne. Ils tiraient à la carabine à plomb sur des écureuils. Je les ai même surpris à faire fumer une grenouille. C'était horrible.

— Des sans-cœur. On dirait qu'ils détestent les animaux, dit Fanie.

— Voulez-vous savoir ce que je pense ? demande Alex.

Et sans attendre la réponse des deux filles, il ajoute d'une voix mystérieuse :

— Je pense que les Trottier font du braconnage !!!

— Les frère Trottier feraient du braconnage ? répète Fanie, au comble de l'étonnement.

— Pas les frères Trottier, corrige Alex, la famille Trottier au grand complet.

— Ç'a aucun sens, dit Andréanne.

— Au contraire, c'est plein d'allure, approuve Fanie. Le braconnier que mon père cherche, c'est M. Trottier. Depuis que les Trottier sont revenus dans le coin, mon

père a des problèmes avec un braconnier. Ça se tient.

— On peut supposer que M. Trottier demande à ses vauriens de fils de nous chasser de la forêt pour qu'on ne mette pas la main sur des indices, reprend Alex qui se laisse emporter dans son raisonnement.

— Une cachette! Oui, c'est ça... Ils tuent des animaux, puis ils les cachent en attendant de vendre les peaux! renchérit Andréanne qui s'emporte à son tour. Peut-être aussi que leur mère se sert des peaux pour faire des bonnets de fourrure.

— Je pense qu'on tient quelque chose. Il faut avertir mon père tout de suite! dit Fanie en se précipitant hors de la cabane.

Alex, Andréanne et Babouchka sortent à sa suite. Ils s'élancent tous les quatre sur le sentier. En contournant un bosquet, Fanie, qui court devant, s'enfonce brusquement le nez dans un gros ventre. Tout est perdu! C'est sûrement M. Trottier. Qu'est-ce qu'il va faire d'eux? Fanie, tremblante, relève la tête pour découvrir le visage souriant de Marleau! Quel soulagement!

Marleau, c'est un vieux monsieur très gentil, que tous les enfants de Sutton connaissent et adorent. Il est assez âgé et, comme il ne travaille plus, il passe son temps à se promener. À pied, à bicyclette, au village ou dans la forêt.

— Alors, les jeunes, dit Marleau, vous faites une course au trésor ?

— Non..., dit Fanie en essayant de reprendre son souffle, on vient de faire une découverte et il faut absolument qu'on en parle à mon père !

— Vous, les enfants, vous avez trop d'imagination. Qu'est-ce que vous avez découvert ?

— On peut pas le dire, dit Alex, c'est une affaire ultra-secrète. Une affaire de braconnier.

Marleau fronce aussitôt les sourcils.

— C'est très sérieux, des histoires de braconnier. N'allez pas inventer n'importe quoi. Fanie, ne dérange pas ton père avec des sornettes qui ne tiennent pas debout. Il a autre chose à faire que d'écouter des enfantillages. Allez, soyez sages !

— Salut, Marleau. Bonne marche ! dit Andréanne.

Et les quatre repartent en courant vers la maison des Briard.

Chapitre 7

La contre-attaque

— **S**i vous parlez tous les trois en même temps, j'arriverai jamais à comprendre. Un à la fois, s'il vous plaît.

M. Briard est assis dans son lit, les yeux encore ensommeillés. Fanie est entrée en trombe dans la maison, suivie d'Alex, d'Andréanne et de Babouchka. Elle a couru jusqu'à la chambre de son père et l'a réveillé pour lui rapporter la chose tout d'un trait.

— Assoyez-vous et racontez-moi ça clairement.

— Depuis deux jours, on est en chicane avec les Trottier, commence Fanie.

— Encore eux, grogne M. Briard. C'est la même histoire chaque été.

— Cette fois, c'est grave, poursuit Fanie. Ils veulent pas qu'on mette les pieds dans le bois. Ils ont même menacé de couper la queue de Babouchka et ils ont attaché Alex et Andréanne à un arbre où ils auraient pu mourir…

— Vous, évidemment, vous n'avez rien fait !

— On a seulement…, bredouille Alex.

Mais il est aussitôt interrompu par Andréanne.

— On n'a rien fait, M. Briard !

Andréanne ne veut pas que M. Briard apprenne l'incident des pneus de vélos dégonflés.

— Moi, je pense que les Trottier font du braconnage et ont peur qu'on trouve leur cachette de peaux, affirme Alex avec assurance.

— Toi qui raisonnes si bien, Alex, tu penses qu'un braconnier viendrait cacher ses peaux tout près de la maison du garde-chasse ? Ça fait pas sérieux, allons ! sermonne M. Briard.

— Au contraire ! se défend Alex. Plus la cachette est proche de la maison du garde-chasse, moins il y a de danger. Le garde-chasse va chercher loin de chez lui

parce que c'est plus logique, non ?

M. Briard reste sans voix un instant.

— Écoutez, j'ai bien autre chose à faire en ce moment que d'écouter les histoires que vous inventez pour vous faire peur.

— C'est exactement ce que Marleau disait, il y a deux minutes, dans la forêt ! avoue Fanie. N'allez pas déranger ton père avec vos inventions...

— Vous avez vu Marleau ? demande M. Briard.

— Oui, sur le sentier qui mène à la Butte-à-Blaireau, répond Alex. Il nous a grondés.

— Il a bien raison. Mais je vais quand même vérifier votre histoire. En attendant, je vous demande de ne plus aller dans la forêt jusqu'à nouvel ordre.

— Papa, on vient de se construire une cabane, se plaint Fanie.

— Donne-moi le temps de tirer au clair cette affaire de braconnage avec les Trottier, répond son père d'un ton sans réplique. D'ici là, je ne veux pas vous voir dans la forêt. Compris ?

— Oui oui...

Les enfants quittent la chambre et descendent dans la véranda. Cette histoire tourne bien mal. Plus le droit d'aller dans la forêt. Tu parles...

— Bon... Notre après-midi est perdu. J'vais retourner chez moi, dit Andréanne. Tu m'appelles, Fanie, s'il y a du nouveau...

Alex et Fanie restent seuls... Comme ils s'ennuient...

— Veux-tu jouer au Aki pour passer le temps? propose Alex.

— Non merci... J'ai le goût de rien...

****

— Un après-midi perdu, se plaint Andréanne à sa mère.

— T'es pas pour rester là à te tourner les pouces, Andréanne. Viens avec moi, je m'en vais à l'épicerie.

Aller à l'épicerie ou autre chose... pourquoi pas? La première personne qu'Andréanne et sa mère croisent en entrant dans le supermarché, c'est Marleau. Mme Forestier commence à parler de la pluie et du beau temps avec lui. Puis, Marleau se penche vers Andréanne.

— Tu as l'air moins pressée que ce matin, ma belle Andréanne.

— M. Briard nous a pas crus, dit-elle.

Il nous a même interdit d'aller dans le bois pour quelques jours.

— Quelques jours, c'est vite passé, la console Marleau.

— De quoi parlez-vous ? demande Mme Forestier.

— De rien, répond Andréanne.

— Rien, rien, des enfantillages, répond Marleau en souriant. Puis il s'éloigne. Deux comptoirs plus loin, il entame une conversation avec … M. Trottier et son fils Steve !

« Il faut absolument que je parle à Steve, se dit Andréanne. Si je peux lui faire assez peur, il va peut-être aller se dénoncer lui-même. »

Par chance, M. Trottier s'amène de leur côté, suivi de Steve qui pousse le panier à provisions quelques pas derrière.

— Bonjour, Mme Forestier, vous allez bien ? demande M. Trottier.

« Hypocrite, songe Andréanne. Si Fanie était là, elle lui crierait à pleine tête : HYPO-CRITE ! BRACONNIER ! »

Puis, elle rejoint Steve qui s'est arrêté devant l'étalage des sucreries.

— Salut Steve ! lui dit-elle en l'abordant les yeux dans les yeux.

Steve tente d'éviter le regard d'Andréanne.

— Sais-tu que t'es pas mal moins brave quand tes frères sont pas avec toi! Vous pouvez bien faire vos frais, la police est au courant de tout!

— La police! dit Steve en tremblant...

— Les gardes-chasse savent tout de vos mauvais coups dans la forêt. Demain au plus tard, ils vont aller vous arrêter. Tu peux dire ça à ta gang!

Steve se défend comme il peut.

— J'voulais pas qu'on coupe la queue du rat, j'voulais pas qu'on fasse mal au chien de Fanie, j'étais pas d'accord pour qu'on vous attache, toi pis Bouboule.

— ALEX, qu'il s'appelle! PAS BOUBOULE!!!

— Alex... comme tu veux... C'est pas sérieux la police, hein? se lamente Steve.

— Tu vas aller en prison pour avoir chassé sans permis!

— La chasse? Mais on fait la chasse à rien! proteste Steve.

Andréanne ne l'écoute pas et s'éloigne, plutôt contente d'elle.

« J'ai bien hâte de raconter ça à Fanie !
Elle va être fière de moi ! »

****

Aussitôt de retour chez elle, Andréanne
enfourche sa bicyclette et se pointe chez les
Briard. Elle trouve Fanie et Alex assis dans
la véranda, comme deux âmes en peine.

— Devinez qui j'ai rencontré à l'épicerie ? leur lance-t-elle, tout excitée.

— Le pape… ironise Alex.

— Le Bonhomme Carnaval, renchérit
Fanie.

— Pas du tout ! J'ai vu Steve Trottier !

— Tu trouves pas qu'on les a assez vus,
ceux-là ? dit Fanie.

— Ils doivent se moquer de nous, les
Trottier, ajoute Alex.

— Oh non ! Steve Trottier a eu la peur
de sa vie.

— Comment ça ?

Alex et Fanie sont soudain très intéres-
sés. Ils se redressent sur leur siège.

— Vas-y, raconte !

— Alex avait vu juste. Les Trottier ont
quelque chose à cacher. J'ai dit à Steve que
la police allait les arrêter, que c'était une

question d'heures, qu'on avait tout raconté. Vous auriez dû lui voir la binette.

— Ça veut dire qu'en ce moment les Trottier sont dans leurs petits souliers, conclut Alex, le regard allumé.

— J'imagine, oui. Ils attendent que les gardes-chasse viennent les arrêter ! s'exclame Fanie. Est-ce que Steve avait l'air coupable ?

— Il pouvait pas avoir l'air plus coupable, répond Andréanne. Plus tard, j'ai vu son père le rassurer. Lui aussi est coupable, aucun doute là-dessus.

— On les tient ! fait Alex en trépignant d'excitation. Tout les accuse !

— Si on pouvait convaincre mon père. Qu'est-ce que vous diriez de rester à souper ? On va lui raconter comment on voit les choses dans cette histoire de braconniers.

Chapitre 8
L'heure de vérité

Nos trois amis ont déjà terminé leur repas quand M. Briard revient. À peine a-t-il mis le pied dans la maison qu'il est bombardé d'un déluge de paroles confuses.

— Doucement, doucement, dit M. Briard. Je veux d'abord vous expliquer. Ce midi, vous m'avez parlé de l'affaire du braconnage. J'ai vérifié et vous avez raison sur certains points. Grâce à vos renseignements, je pense pouvoir trouver le fin mot de l'histoire que j'essaie de tirer au clair depuis quelques semaines.

Les enfants ne peuvent retenir un cri de victoire.

— On te l'avait dit, papa.

— Pour vous récompenser de votre

beau travail, je vous emmène avec moi pour une dernière vérification. Mais il vous faudrait rester tranquilles pendant l'opération. Daniel vient me rejoindre avec une autre camionnette, on risque d'en avoir besoin.

— On va arrêter quelqu'un ? demande Alex.

— Peut-être bien, répond M. Briard, d'un air évasif.

— Moi, j'embarque avec toi, mon oncle, dit Alex.

— Moi, je monte avec Daniel, décide Fanie.

— Moi aussi, dit Andréanne.

Ils ont le visage rayonnant. Enfin, les Trottier vont payer pour tout ce qu'ils ont fait ! Quand tout le monde est prêt, le convoi démarre.

— J'ai hâte de voir la tête de Maxime Trottier ! chuchote Fanie à Andréanne.

— Moi, c'est les jumeaux que j'ai hâte de voir. Ils seront pas aussi fanfarons que d'habitude, j'en suis certaine ! réplique son amie.

Les camionnettes arrivent devant le chalet des Trottier. Les quatre frères sont dehors en train de regonfler leurs pneus en compagnie de leur père. Steve est le premier à lever la tête. Quand il reconnaît les camionnettes des gardes-chasse, il lâche tout et s'enfuit vers le bois en criant, suivi aussitôt par ses frères. M. Trottier reste seul avec les quatre bicyclettes. Il est tout drôle, la bouche ouverte, l'air surpris. Les camionnettes poursuivent leur chemin et s'engagent dans la courbe qui s'avance dans la montagne.

— On ne va pas chez les Trottier? s'étonne Alex.

— Non, j'ai une surprise pour toi, Alex, répond son oncle.

Dans l'autre camionnette, Andréanne et Fanie s'étonnent aussi. Comment! on n'arrête pas chez les Trottier? demandent-elles.

Daniel n'a pas l'air de comprendre:

— Chez les Trottier? Pourquoi faire?

Andréanne et Fanie se regardent, des points d'interrogation plein les yeux.

La maison devant laquelle les deux camionnettes s'arrêtent finalement est toute petite. Coquette mais vraiment petite.

— Ça ne doit pas être une grosse famille qui vit là-dedans, fait remarquer Fanie.

— On dirait presque une maison de poupée, ajoute Andréanne.

— Quand même, dit Fanie, une bien grosse poupée !

M. Briard et Alex rejoignent Daniel et les filles au pied du balcon.

— Chez qui on est ? demande Fanie à son père.

— Est-ce que tu vas vraiment arrêter quelqu'un, mon oncle ? demande Alex.

— Disons pour le moment qu'on vient rendre visite à un ami…, répond M. Briard, mystérieux.

— Un ami !

Daniel rit !

— J'ai bien hâte de le voir, cet ami-là !

Il enfonce la sonnette à trois reprises. Il se passe de longues secondes avant que la porte ne s'ouvre. Les enfants, surpris, ouvrent des yeux ronds : c'est Marleau qui apparaît sur le seuil. Marleau ! Andréanne revient de sa suprise la première. Elle joue le jeu qu'a proposé M. Briard : on vient seulement rendre visite à un ami !

— Bonjour Marleau, dit-elle, on passait par là et on a décidé de venir te faire une petite visite.

Marleau n'a pas l'air très à l'aise.

— C'était pas nécessaire d'amener tous les gardes-chasse du coin, marmonne-t-il, méfiant.

— On peut entrer ? demande Daniel, en pénétrant carrément à l'intérieur.

Les autres le suivent, sans attendre l'invitation de Marleau. M. Briard se plante devant lui :

— On sait, Marleau, que tu aimes beaucoup les enfants, et les enfants te le rendent bien. C'est pour ça qu'on a eu envie de venir s'amuser chez toi. Tu pourrais pas offrir de la crème glacée aux jeunes ?

— J'ai pas de crème glacée, répond Marleau sans bouger. Un verre d'eau peut-être.

Daniel jette un coup d'œil dans le congélateur du frigo :

— Non ! Pas de crème glacée ici... Je sais, Marleau, que tu aimes jouer à la cachette ; tu dois être le genre à cacher ta crème glacée dans un autre congélateur. Allez donc voir à la cave, les enfants.

Nos jeunes amis trouvent rapidement l'entrée menant à la cave et dévalent l'escalier quatre à quatre, bientôt rejoints par Daniel, M. Briard et Marleau qui n'en mène pas large. Dans un coin faiblement éclairé, se dresse un gros congélateur.

— Est-ce qu'on peut se prendre chacun une crème glacée, Marleau ? demande Alex, gourmand.

Marleau, tête baissée, demeure silencieux.

— Marleau, les enfants te demandent s'ils peuvent se prendre une crème glacée, répète Daniel en faisant tonner sa grosse voix.

Quand Marleau se décide à répondre, sa voix a les accents d'un enfant qu'on vient de réprimander :

— Vous savez bien que c'est pas des desserts que je garde dans mon congélateur…

— C'est bien ce qu'on croyait, dit M. Briard. Mais on voulait te l'entendre dire.

— C'est quoi ? demande Fanie.

Daniel ouvre le congélateur. Il est plein à craquer de pauvres petits ratons laveurs que Marleau a chassés sans permission. Comme pour s'excuser, Marleau reprend :

— Ma sœur en fait des chapeaux ; ça se vend très bien…

Andréanne a peine à croire ce qu'elle voit :

— Le braconnier, c'est toi ? Et les pneus crevés de la camionnette de M. Briard, c'est toi aussi !

Daniel lève le yeux au ciel :

— On s'est tapés toute une marche par ta faute, Marleau.

— Et combien de nuits blanches, ajoute M. Briard. Marleau, tu vas accompagner Daniel au bureau pour enregistrer ta déposition. Moi, je vais reconduire les enfants à la maison et je reviens ici pour faire la saisie de toutes ces petites bêtes.

Debout sur le balcon, tristes pour Marleau, les enfants le regardent partir dans la camionnette avec Daniel. Marleau, un braconnier ! Qui aurait cru ?

M. Briard vient rejoindre les enfants :

— Vous savez les enfants, si vous n'aviez pas été là pour me raconter toutes vos histoires, je n'aurais pas découvert de sitôt que le braconnier, c'était Marleau.

— Comment ça ? demande Alex. On ne le savait même pas que c'était lui, ton braconnier.

— Je sais mais vous aviez rencontré Marleau sur le sentier en revenant à la maison. Et il vous avait conseillé de ne pas me raconter vos inventions de cachette de braconnier. Puis, quand tu m'as fait remarquer, Alex, que la meilleure cachette pour un braconnier était près de la maison du garde-chasse, j'ai trouvé que c'était une excellente idée. Je vous ai alors interdit d'aller dans la forêt et nous avons fouillé, Daniel et moi.

— Et vous avez trouvé la cachette de Marleau, dit Fanie.

— Nous avons trouvé une cachette mais quelqu'un l'avait vidée de ses prises. Quelqu'un qui avait peur que je vous croie et que je vienne fouiller le petit bois derrière la maison. Et cette personne-là, ça ne pouvait être que Marleau, conclut M. Briard.

— Mais ce que je comprends pas, soulève Fanie, c'est pourquoi Marleau a fait ça? Il est si gentil, Marleau…

— Il doit être en train d'expliquer tout ça à Daniel. Je pense qu'il a commencé à chasser dans cette forêt quand il était encore enfant, et qu'il se croit au-dessus des lois pour cette raison. Mais il a tort.

— Les Trottier! s'exclame Andréanne. Quand je pense que j'ai dit aux Trottier que les gardes-chasse allaient les arrêter !

— Si ça peut les calmer pour le reste de l'été, dit M. Briard, laissons-les s'inquiéter encore un peu. Venez. On rentre.

Il va falloir se tasser, ajoute-t-il, en s'installant au volant de la camionnette.

Alex, assis entre les deux filles, a l'air soucieux.

— Quelque chose qui ne va pas, Alex ? lui demande son oncle.

— Je me disais que c'est pas tous les jours qu'on arrête un braconnier. Comme récompense, on pourrait peut-être aller en manger une pour vrai, une crème glacée !

Et c'est une camionnette débordante de joie qui se dirige vivement vers le comptoir laitier !

Épilogue

Quatre mois se sont écoulés.

Au grand désespoir de Fanie et d'Andréanne, les Trottier ne sont pas repartis à la fin de l'été. M. Trottier a ouvert un petit atelier de réparation... de bicyclettes. Il faut dire que depuis l'aventure du braconnage, les frères Trottier sont beaucoup plus tranquilles. Le plus jeune, Steve, s'est retrouvé dans la classe des deux filles. Aujourd'hui, le père de Fanie a été invité à venir parler de son métier aux enfants.

— Maintenant que vous avez une idée de ce qu'est le métier d'agent de conservation, ou garde-chasse, vous allez me faire un dessin qui représente le mieux ce qu'on peut faire pour le bien des animaux. Mais avant, est-ce que vous avez des questions ?

Une petite rousse lève la main. C'est Suzie Sigouin, la commère de la classe :

— Est-ce qu'un agent de conservation, ça travaille tard la nuit ? Vous avez l'air fatigué ?

M. Briard éclate de rire :

— Il m'arrive de travailler la nuit, mais si j'ai l'air fatigué aujourd'hui, c'est parce qu'on a à la maison un bébé de quelques jours. La petite sœur de Fanie, Noémie. Si vous voulez plus de détails sur notre bébé, vous demanderez à Fanie.

Une sonnerie interrompt M. Briard. Le professeur prend la parole :

— On remercie M. Briard. C'est l'heure de la récréation. Vous ferez vos dessins après la récréation et Fanie les apportera à son père.

Avant de se précipiter vers la sortie, les enfants applaudissent M. Briard. En passant le seuil, Fanie glisse un mot à son père :

— Tu donneras un beau bec à Noémie pour moi.

— Oui, ma grande.

Dans la cour de récréation, Andréanne attend Fanie avec impatience.

— Qu'est-ce qui se passe? demande Fanie, t'as bien l'air excitée?

— Non non, pas du tout, répond Andréanne en rougissant, je voulais juste te dire que j'ai reçu une lettre d'Alex.

— Une lettre d'amour! la taquine Fanie.

— Il dit qu'il va venir chez toi à Noël…

— O.K., j'ai compris, je vais m'arranger pour que tu passes Noël avec nous.

— Je disais pas ça pour ça, j'y avais même pas pensé! ment Andréanne.

Steve Trottier approche timidement des deux filles.

— Excusez-moi de vous déranger. J'ai trouvé ton père bien gentil, Fanie…

— Sté-fa-nie, corrige Andréanne. Y'a juste ses amis qui l'appellent Fanie.

— Stéfanie… je voulais te dire que j'ai l'idée d'organiser un mouvement de jeunes pour la protection des animaux de la forêt. J'aimerais ça si tu pouvais me donner un coup de main, t'es pas mal bonne dans l'organisation…

— Toi, Steve Trottier, bondit Andréanne, tu massacrais des animaux pas plus tard que l'été passé, et là tu viens nous parler de protection des animaux!

— Andréanne, voyons! dit doucement

Fanie. Y'a rien que les fous qui changent pas d'idée, comme dit mon père...

Andréanne en reste bouche bée.

— Merci, Stéfanie, dit Steve.

— Tu peux m'appeler Fanie... Si tu veux, on pourrait tenir une première réunion ce soir. Viens à bicyclette, elle doit pouvoir rouler depuis le temps.

Les filles pouffent de rire. Steve esquisse un petit sourire en coin.

— O.K. à ce soir Fanie. Tu vas être là aussi, Andréanne ?

— Si Fanie m'invite ! marmonne Andréanne.

— Bien sûr, voyons... Salut et à ce soir, dit Steve en s'éloignant.

Andréanne prend le visage de Fanie dans ses mains et l'oblige à la regarder.

— On dirait que tu le trouves de ton goût, Steve Trottier ! raille-t-elle.

— Moi, pas du tout. Qu'est-ce que tu vas chercher là ?

Fanie fait l'innocente... Mais où a-t-elle la tête ? Elle se retourne rapidement vers Steve et lui crie :

— STEVE ? À quelle heure au juste ? On n'a pas décidé de l'heure...

— Je serai chez toi à 7 heures.

Fanie est rouge comme une tomate. Et Andréanne est morte de rire.

— Tu pourrais l'inviter à Noël ton cowboy à roulettes ! Steve et Stéfanie, c'est pas mal original ! Quel beau couple !

Là, Fanie est rouge comme deux tomates !

Table des matières

METROLITHO INC.
Sherbrooke (Québec)

IMPRIMÉ AU CANADA
SUR PAPIER ALCALIN